PEDRO

LA
GRAN PESTE

por Fran Manushkin

ilustrado por
Tammie Lyon

PICTURE WINDOW BOOKS
a capstone imprint

Publica la serie Pedro Picture Window Books,
una imprenta de Capstone,
1710 Roe Crest Drive.
North Mankato, Minnesota 56003.
www.capstonepub.com

Cataloging-in-Publication Data is available on the Library of Congress website.
ISBN: 978-1-5158-4657-4 (library binding).
ISBN: 978-1-5158-4693-2 (paperback).
ISBN: 978-1-5158-4676-5 (eBook PDF)

Resumen: En la clase de Pedro están aprendiendo sobre el sentido del olfato.
Pero de pronto, algo empieza a oler mal, ¡y la lección que había preparado la Srta.
Winkle acaba siendo más apestosa de lo que esperaba! ¿De dónde viene ese olor
y quién lo descubrirá?

Diseñadora: Kayla Rossow
Elementos de diseño: Shutterstock

Translated into the Spanish language by Aparicio Publishing

Printed and bound in the United States.
PA71

Contenido

Capítulo 1
Una lección olorosa...............................5

Capítulo 2
Algo apesta 12

Capítulo 3
¡Misterio resuelto!.................................18

Capítulo 1
Una lección olorosa

—Hoy vamos a estudiar

el sentido del olfato —dijo

la Srta. Winkle.

—Puedo traer a mi gato

—dijo JoJo—. Le huele el aliento.

—No, gracias —dijo

la Srta. Winkle.

—Puedo traer las medias

de deporte de mi papá—dijo

Katie—. Huelen fatal.

—No, gracias —repitió

la Srta. Winkle.

—Con la nariz podemos apreciar un billón de olores —dijo la Srta. Winkle—. A ver si pueden averiguar qué hay en estas cajas por el olor. Pablo las repartirá.

Pablo era el niño nuevo. Era muy callado.

Katie Woo olió una caja.

—Esta huele a lápices.

—¡Buen olfato!

—dijo la Srta. Winkle—.

Los osos polares tienen mejor

olfato que las personas.

Pueden oler una foca debajo

de una placa de hielo

de un metro de grosor.

—Mi perro puede oler
una hamburguesa mientras
duerme —presumió Pedro y olió
su caja—. Huele a papas fritas
—dijo.

—¡Puaj! —gritó Barry—.
¡Esta huele a cebollas!

A la hora del almuerzo,

Pedro y Pablo se sentaron juntos.

Pedro le ofreció la mitad

de su sándwich de queso a Pablo

a cambio de la mitad de su taco.

Después del almuerzo, todos
jugaron al fútbol. Pablo tenía
la pelota y Roddy le gritó:

—¡Apártate, renacuajo! Eres
demasiado pequeño para jugar
con nosotros.

Pedro no dijo nada.

Capítulo 2
Algo apesta

Esto huele mal

Después del almuerzo,

la Srta. Winkle le dijo a su clase:

—Mientras almorzaba, pensé

en cómo hablamos en forma

divertida de los olores.

Por ejemplo, si algo huele muy

mal, decimos "huele que apesta".

—Oye —dijo Pedro oliendo—, aquí huele mal, apesta.

—Yo también lo huelo —dijo JoJo.

—Y yo —gritó Roddy.

—A lo mejor… —dijo la Srta. Winkle—. No estoy segura.

Todos empezaron a oler
y a buscar.

—No es la jaula de Binky
—dijo Barry—. Está limpia.

—Entonces son las tortugas
—dijo Katie.

—¡Es Pablo! —dijo Roddy—.
Nuestro salón nunca había
apestado hasta que llegó él.

Todos miraron a Pablo.
Parecía que estaba a punto
de llorar. Nadie dijo nada.

Al principio, Pedro tampoco

dijo nada.

Pero después se levantó.

—Pablo no apesta —dijo—.

¿Sabes lo que apesta? No

defender a alguien cuando

le tratan mal.

Roddy se sonrojó.

—Fue solo una broma —dijo.

—No, no fue una broma —dijo
Katie—. Y no tiene gracia.

—Lo siento —le dijo Roddy
a Pablo.

Se dieron la mano.

Capítulo 3
¡Misterio resuelto!

De pronto, Katie gritó:

—Ya sé a qué huele, ¡a huevo podrido!

—¡Puaj! —dijo JoJo.

—¡Qué asco! —gritaron todos.

—¡Tenemos que encontrarlo!
—dijo Pedro. Él y Pablo
empezaron a buscar.

Pablo señaló.

—¡Viene de ahí, del armario
de la Srta. Winkle!

La Srta. Winkle se acercó
y abrió la puerta. Miró en
su cartera y vio algo dentro.

—¡Ay, no! —dijo—. ¡Aquí
está el huevo podrido!

—Lo traje ayer para
el almuerzo, pero comí otra
cosa. Hoy estoy resfriada
y no puedo oler nada.

—Roddy y Pablo, por favor, boten este huevo podrido —dijo la Srta. Winkle.

—Por supuesto —dijo Roddy.

—Por supuesto —repitió Pablo.

Después de la escuela, jugaron
al fútbol. —¡Eres pequeño, pero
rápido! —le dijo Roddy a Pablo.

—Tú también juegas bien
—le dijo Pablo a Roddy.

—A veces —dijo Roddy.

Cuando Pedro llegó a casa,
le dijo a su papá: —Pregúntame
cómo fue mi día en la escuela.

—¿Cómo fue tu día?
—preguntó su papá.

—¡Apestoso! —dijo Pedro
con una sonrisa y le contó
todo lo que había pasado.

Acerca de la autora

Fran Manushkin es la autora de muchos libros ilustrados populares. Entre ellos están *Pedro y el monstruo*; *La suerte de Pedro*; *Pedro, el ninja*; *Pedro, el pirata*; *El club de los misterios de Pedro*; *Pedro y el tiburón* y *La torre embromada de Pedro*.

Katie Woo es una persona real —es la sobrina nieta de Fran— pero nunca se mete en tantos problemas como la Katie Woo de los libros. Fran escribe en su adorada computadora Mac, en la ciudad de Nueva York, sin la ayuda de sus traviesos gatos, Chaim y Goldy.

Acerca de la ilustradora

Tammie Lyon se aficionó al dibujo desde muy pequeña, cuando se sentaba a la mesa de la cocina con su papá. Su amor por el arte continuó y la llevó a estudiar en la Facultad de Arte y Diseño de Columbus, donde obtuvo una maestría en Bellas artes. Después de una breve carrera como bailarina de ballet profesional, decidió dedicarse por completo a la ilustración. Hoy vive con su esposo, Lee, en Cincinnati, Ohio. Sus perros, Gus y Dudly, le hacen compañía cuando trabaja en su estudio.

Glosario

aliento—el aire que sale de tus pulmones al respirar

apestoso—que tiene un olor fuerte y desagradable

billón—número muy grande

podrido—que está en mal estado o se está descomponiendo por el efecto de los hongos o las bacterias

presumir—hablar de lo bueno que eres en algo

renacuajo—cría de una rana. Se usa a veces para referirse a alguien muy pequeño.

sentido—una de las capacidades de los seres vivos para apreciar lo que les rodea. Los cinco sentidos son la vista, el oído, el tacto, el gusto y el olfato.

Vamos a hablar

1. Comenta qué significa ser un buen
   amigo. ¿Quién fue un buen amigo
   en este cuento? ¿Cómo podían haber
   sido mejores amigos los personajes?

2. ¿Cómo se sintió Pablo durante
   el recreo? Explica tu respuesta.

3. Esto huele mal es una expresión
   o modismo. Comenta el significado
   de estas expresiones:
   - Flor sin olor le falta lo mejor.
   - Hay que detenerse a oler las rosas.
   - El agua mejor sin olor, color
     ni sabor.

Vamos a escribir

1. Escribe tres datos sobre el sentido del olfato. Si no sabes tres, pide a un adulto que te ayude a buscar información en un libro o con la computadora.

2. Haz una lista de cinco cosas que huelen bien. Después haz una lista de cinco cosas que huelen muy mal.

3. Escribe un cuento sobre un animal que usa su sentido del olfato para resolver un misterio.

¡LOS CHISTES

❋ ¿Por qué una nariz no puede
tener 12 pulgadas?
Porque sería un pie.

❋ ¿Cómo evitar que
el zorrillo huela?
Tapándole la nariz.

❋ ¿Qué es lo que mejor huele
en la cena?
Tu nariz.

❋ ¿Qué le dijo un muñeco
de nieve al otro?
¿Tú también hueles
zanahorias?

❖ ¿Qué le dijo el ojo izquierdo
al derecho?
Entre nosotros hay algo
que huele.

❖ ¿Qué es azul
y huele a pintura roja?
La pintura azul.

❖ ¿Cuál es el pez
que huele mucho?
El pestoso.

¡LA DIVERSIÓN CONTINÚA!

Descubre más en www.capstonekids.com

- ❊ Videos y concursos
- ❊ Juegos y rompecabezas
- ❊ Amigos y favoritos
- ❊ Autores e ilustradores